文芸社セレクション

病《わくら》葉《ば》のように生きて

井上 澤子

文芸社

目次

一、生い立ち

私は戦時中の昭和十七年三月十六日に、大阪市内と言っても神崎川の流れる当時は片田舎も同然の所にある、前田家の七人目の子として生まれました。男二人女五人ですが、私が生まれた時すでに長男と次女は死亡しており、実質五人兄姉の末っ子です。父四十二歳、母三十三歳の両親の大厄の時に生まれたのです。

この地方の昔からの風習で、両親の厄年に女の子が生まれた場合は、一度捨て子をしなければ悪い事が起こると言われていたそうです。その地方の一番の年長者の人に拾ってもらうと厄逃れが出来るということで、私が生まれた時に近所の一番年寄りのおばあさんに頼んでそういうややこしい事をしたと、後で母から教えられました。

そして戦時中だった為に、今度もまた女の子を産んだことで母は随分と肩身の狭い思いをしたそうです。父に至っては、今まで生まれてきた子供達には自分の名前の一字を取って名付けをしたらしいのですが、私の時は名前を考える気力も失《う》せたらしく、母に勝手に考えろと言ったそうです。そこで母は私の出産の時に、何くれとなく世話をしてくれた母の姉の娘の名前を付けることにしたそうです。私には従妹に当たるのですが、聡明で美人でやさしいその人の様になってほしいとの願いをこめて。

　当時の前田家はかなり裕福だった様です。土地もあり、長屋も人に貸したり、質屋もやっていたこともあって蔵もありました。父は民生委員をするほど人望もあったそうです。私が父と死別したのは三歳の時です。昭和二十年六月、敗戦の色濃い時でした。東海道本線の線路側に家が建っていた為、大阪の大空襲の時にＢ29の標的になりました。父は病気(現在の鼻腔がん)だった為に大学病院に入院し、ラジウム治療を受けていましたが一時退院が許されて帰宅していた時に空襲に遭い、防空壕へ逃げようと逃げ迷ってＢ29の流れ弾に当たって、一週間後に息を引き取ったそうです。人間の命というものは分かりません。病院に居れば、病院は戦火から免れていたので、父も死なずにすんでいたものを。

当時私は三歳だったので父の記憶はありません。唯一つ、母の背中におんぶされ、母の手作りの赤い防空頭巾をかぶせられ、前に堂島川の流れる病院の窓を見上げて「お父ちゃん来たよ」と手を振ると、窓から嬉しそうに身を乗り出す様にして「澤子来たか、よう来た、よう来た」と手を振っていた父の姿が、今でも鮮明に瞼の裏に焼き付いています。

それからの母の苦労は言葉に出来るものではありませんでした。三十六歳で未亡人になり、十七歳を頭に五人も子供を残され、家屋敷は空襲で焼野原となりました。母の実家の兄の所に裸同然で家族全員で転がり込みました。母の兄嫁はきつい人で私達母子六人を納屋部屋に住まわせたそうです。私にも小さいながら屋敷の焼跡を家族みんなで耕して、さつま芋などを植えた記憶が残っています。その焼跡の広大な土地も父の弟と父の母との策略で取り上げられ、勝手に大きな家を建てて住んでしまいました。母は涙を飲んで我慢したそうです。

母は私達子供の為に、実家の兄の所から独立して、当時の狭い長屋に移り住み、きょうだい五人を苦労して育ててくれました。幸い長女も十七歳になっていたので、母と一緒に苦労して私達の面倒を見てくれました。母はたった一人の前田家の直系だと言って長男を大事に育てました。石にかじりついても長男だけは大学を出さなくては父に申し訳がない、と言うのが口癖でした。何かにつけて「兄は長男だからあんた達は我慢しなさい」と私とすぐ上の姉はいつも言われていました。そして兄を立派に女手一つで大学を出し、曲がりなりにも私達を育ててくれた母に感謝しています。もし私が母の立場だったら、果たしてやってこれたかどうか自信がありません。戦後のどさくさの時代もあってなんとか生きてこれたとは思いますが、母の強さには改めて尊敬の念を禁じえません。

二、初恋

私は、地元の公立小学校を卒業して、公立の中学校へ進みました。家の方も大分楽になっており、長姉と次姉も働いて結婚をして、次姉の方は子供も二人出来ました。でも兄は母が甘やかして育てたせいか、四年制の大学に進んでも遊んでばかりで母を困らせていました。

私は高校進学の段階になっていましたが、受験は公立高校一本だけでした。私立高校と二本立てするお金が家にはなく、母には言えなかったのです。ものの見事に高校の入試に失敗し、自信を失くしてしまいました。担任の先生には、あなたの実力だったらどこの私立高校でも行けるから二次試験を受けるように勧められました。でも私立高校に行けば公立の二倍の費用が掛かると聞いていたので、兄の大学の方でお金が大変な時に母には言えません。やけになり中学を卒業したら高校には行かずに働こうと決心しました。

そんな折、担任の先生に、昼間働いて夜学校に行く定時制高校があるから受けてみてはと勧められました。最初は気乗りがしなかったのですが、試験を受けてみることにしました。これが私が定時制高校に通うことになった次第です。

初めは馬鹿にしていました。年齢も年上の人とか、制服をまともに着ていない人とか色々いて、そんな学校に行くことを私自身恥じていました。でも学校に通っているうちに、この定時制高校に入って良かったと思えるようになりました。親に養ってもらって昼間の高校に通っている生徒よりも、昼間一生懸命に働いて夜勉強する夜学生の姿勢と目の輝きが違いました。昼間の仕事のせいで居眠りをする生徒もいました。でも先生は見て見ぬ振りをして起こそうとはしませんでした。居眠りをした生徒には後で仲間がちゃんとノートを見せてあげています。皆んながお互いをかばい合って助け合って勉強しているのです。

私もしっかりしなければと決心しました。それからは昼間は証券会社のアルバイトをしたり、弁護士の法律事務所の助手を一年間ほどやりました。裁判所に出す控訴文の清書や六法全書を読まされたりと大変な勉強が出来ました。学校が大阪市立の有名な商業高校だったので、選択科目が珠算とタイプでした。私は珠算が苦手だったので英文タイプを選択しました。

その英文タイプを生かしたくて、小さな繊維卸問屋の直輸部に昼間働くことになりました。そこの部長は大商社に勤務後、定年になりこちらの会社にきた人ですが、仕事というものには大変きびしい人でした。この人にきびしく教えられたことが、私の人生において何事にあっても負けない自信を持たせてくれた根源だと思います。

私が初恋の人と出会ったのはそんな貿易関係の仕事からでした。彼とは同じ学校の同学年でしたが、クラスは別でした。四年生の終わりに近づき、卒業式の予行演習で名前の順番に席に着くことになり、私の前が彼だったので、隣同士になったのです。彼は顔が当時巨人軍の長嶋に似てカッコ良く、私は秘かに好意を持っていた人だったので、その時は体がコチコチになって困りました。

それから二、三日して会社の用事で通産局にライセンスを取りに行った時、偶然彼とばったり廊下で出会ったのです。彼も外資系の貿易商社に勤めていたので仕事で来ていたのです。「良かったら、お茶でも飲みませんか?」と彼の方から誘ってくれました。私は仕事で来ていることも忘れて、通産局の角の喫茶店へ行きました。

そこで彼の夢の話を聞きました。神戸の英語学校に通って英検の試験を受けて、大きな旅行会社に入って添乗員になり世界一周旅行をすること、趣味はラテン音楽を聞くこと等々、約二十分位の時が私にはあっと言う間に過ぎてしまった様に感じられました。仕事中の事なので、また会うことを約束してお互いの仕事先の電話番号を教え合って別れました。

その時彼が着ていたのが、紺のポロシャツにベージュのズボンでした。

それから後日、私は少しでも彼に合わせたいと紺のポロシャツにベージュのタイトスカートを購入して身に付けて秘かに彼に会えることを祈っていました。

しかし彼からは中々電話が掛かってきませんでした。電話が鳴るたびに心臓がドキドキしていました。忘れかけていた頃に彼から電話がありました。トリオ・ロス・パンチョスの大阪公演の切符が手に入ったから聞きに行かないかとの事でした。私は天にも昇る気持ちで返事をしていました。桜橋の産経ホールで六時の開演で、それは素晴らしくラテン音楽を初めて生で聞いた私には別世界にいるようでした。終了後、食事をしてお茶を飲んで彼と別れましたが、私にはそれが異性との初めてのデートでした。何を食べ何を話したのか全然おぼえていません。ただボーッとしていただけだったように思います。しかし現在の私が長嶋ファンで大のラテン音楽好きなのは、初恋の彼の影響を受けていることは間違いのない事実です。

三、ファザーコンプレックスの恋

私の二番目の姉が、阪急電車の神戸線の神崎川駅の商店街でお好み焼屋を始めました。店の名前は「かっぱ」と言い、姉の夫の顔が似ていたところから付けたそうです。義兄の仕事は調理人で私の母が言うには、ヤクザな仕事だそうです。そこで姉は夫がいつ仕事を辞めて帰ってきてもいいようにと自分で商売を始めたらしいのです。四軒並んだ建物の真ん中の、下が店舗で二階が住居になっています。

姉には子供が男の子と女の子と二人いますが、まだ上が幼稚園に行っているので手が掛かります。そこで姉が私に、会社が終わってからでいいから手伝ってほしいと言ってきました。私はもともと人前に出るのが苦手で断りましたが、それなら子供達の面倒だけ見てくれたらいいからと言われ、仕方なく姉の所から会社に通うようになりました。私は末っ子のせいもあって、甥も姪も可愛くて精一杯面倒を見ました。

姉の店は味が良いと評判になり、忙しくなってきました。姉一人ではやって行けない状態となり、姉は私に「昼間洋裁学校に行かせてあげるから会社を辞めて店を手伝ってほしい」と申し出ました。私はデザイナー志望もあって洋裁学校に行けるのならと条件を飲みました。そして有名な服飾学園に通学することになりました。ところが三ヶ月程学校に行きましたが、姉の用事とか店が忙しい為に休み勝ちになり授業について行けなくなって退学してしまいました。心に不満を抱きながら姉の店を手伝う毎日が続きました。

そんな時、三番目の姉と付き合っていた男の人が店に食べにきました。その人は姉に結婚を迫っていましたが、彼の両親が姉との結婚を反対し家を出てまで結婚するつもりでしたが、親を捨て切れない彼にイヤ気がさした姉が彼を見限ったそうです。今、彼は親の勧めた女性と結婚し、子供も出来たそうです。仕事の方は自宅でコツコツと工務店をしていると言っていました。

彼はＩさんと言い、私より九歳も上でそれに姉の昔の恋人だという安心感もあって、心がなごみました。彼も私が三番目の姉に似ていて、なつかしい思いがあったのだと思います。妹の様に可愛がってくれました。

初恋の彼とは、姉の店を手伝うようになった私が日曜日は休めずすれ違いが重なり、遠い人になっていました。Ｉさんはそんな私の心の中に父親のやさしさと男臭さを持って入りこんできました。早くに父と死に別れた私は、父親の愛情に飢えていたのかもしれません。彼はある時はなんばのアイススケート場に連れて行ってリンクの真ん中ですべれない私を置き去りにしたり、ある時は友達と海水浴に甲子園まで行った時ヨットに乗った私をさらって行ったり、ある時はバイクの後ろに私を乗せて夜の町を走ったり……。

二人の間は急速に父親や妹の感情を超えて男と女の関係に進んで行きました。私が二十歳の時です。そして私は彼の子を身籠りました。その時になって初めて私は気付きました。愛してはいけない人を愛してしまった事を。彼に子供の事を話しましたが答えは分かっていました。前の会社の同僚に紹介してもらった見知らぬ病院で処置しました。手術の時間に彼は仕事で間に合いませんでした。目がさめた時、心細さとみじめさだけが私の心をさいなんでいました。その時、彼とは別れよう忘れようと決心しました。

姉達には事実は口がさけても言えませんでした。姉への復讐の為に私を利用したのではないかと姉が苦しむからです。でも違います、私は心から一人の人間として自分の力で愛したのですから。

彼と別れる為には、近くにいては私の心の誘惑に負けてしまうに違いない、そうだどこか遠くへ誰も知らない所へ行こう!!と決心しました。それならば、中途半端になっていたデザインの勉強をする為に東京へ行こうと思い立ちました。母や姉達には内緒で自分の荷物をまとめ、わずかな貯金だけを持って東京行きの夜行列車にとび乗りました。列車がホームを離れる時、住み慣れた大阪の街の灯をながめながら涙が頬《ほお》をつたいました。これから行く東京への不安よりも、早く大阪を離れたいとの気持ちの方でいっぱいでした。

四、東京へ

夜行列車に乗って、翌朝東京駅に着きました。誰一人知り合いのいない東京で、まず住む所から探《さが》さねばなりません。何軒もの不動産屋を回りやっと見つけた下宿屋に着いたのは夕方で暗くなっていました。地下鉄の中野坂上という駅から歩いて七分位の場所でした。

そこの大家さんは親切な人で、息子さんと二人暮らしでした。部屋は二階の角部屋の四畳半で、入った所に流しと半間の押し入れがあるだけの狭い部屋でしたが、今の私には十分すぎる位だと感じました。その夜は空腹のまま、布団もなく座ったままで眠りました。翌日は大家さんに教えてもらった近くの商店街へ身の回りの必需品を買いに行き、お風呂は部屋にないので近くの銭湯を教えてもらって行きました。

それから暫くの間、洋裁学校をあちこち探しましたが、入学金とか色々とお金が掛かることが分かりました。大阪から持ってきたわずかな貯金も部屋を借りたり、物を買ったりした為、残り少なくなって学校へ行ける状況ではありません。彼や母に仕送りをしてもらったのでは、何の為に東京へ来たのか、その意味さえなくなってしまいます。食べていく為にはまず働かなくてはなりません。幸いに英文タイプの技術を持っていたので、新聞の広告にのっていた会社へ面接に行き一回で就職が決まりました。東銀座の中堅どころの会社の貿易部に勤務することになりました。

会社での仕事は今まで私がやっていた仕事に比べれば楽でしたが、会社の雰囲気に慣れるまで少し時間が掛かりました。部内では私が一番若く新米だったので、皆さん親切にしてくれました。最初は仕事に慣れるのに一生懸命で大阪の事を思い出さないように努めていました。が、落ち着いてくるとどうしても彼の事が忘れられず、何度も電話しようかと思いましたが必死で思いとどまりました。そんな訳で会社内にも若くて素敵な男性が多くいましたが、興味が湧きませんでした。それに大阪で生まれ大阪で育った私には、東京の人が肌に合わないというか冷たく感じられ、なじめませんでした。会社の屋上に行き、大阪の方角に向かって何度涙を流したか分かりません。

就職が決まった時に母にだけは心配をかけまいと近況を知らせておきました。三ヶ月ほどたった時母がひょっこり上京してきました。千葉の成田山にお詣りに行くのに寄ったと言っていましたが、私の事が心配で様子を見に来たと思いました。私がちゃんと生活していたのを見て、安心して大阪へ帰ったと思います。

東京へ来て水が合わないというか銭湯に行って水虫を貰ってしまったようです。近くの皮膚科に行って治療してもらいましたが、赤外線で焼いてバケツの中の薬で消毒し、粘土の様な薬を塗られ包帯をグルグル巻きにされて、靴もはけずにサンダルばきで会社へ通いました。地下鉄を降りて東銀座までの道をOLがさっそうと歩いて行くところを、包帯を巻いてつっかけで歩くのは何とも格好の悪い姿です。一ヶ月程かかってやっと完治しました。

東京へ来てから悪いことばかりでしたが、一つだけ良かったと思えることがあります。会社の副社長が大の巨人ファンで、当時まだ独身で人気のあった長嶋選手と秋山投手の対談を機関誌に載せる為に二人が会社を訪れてくれたことです。生の長嶋選手を窓からですが見ることが出来て感激でした。でも、私はもう初恋の人とは合わせる顔がなくて会う事も出来ないという思いが心をよぎりました。

東京へ出てきて一年ちょっとが過ぎた頃、大阪の姉から母が病気で危ないから東京を切り上げて大至急大阪に帰ってくるようにとの電話がありました。びっくりして会社に退職を申し出ると、大阪にも支社があるので転勤の手続きをしたらとの事でした。が一応お断りをして大阪に帰ることにしました。オリンピックの前の年でまだ新幹線も走っておらず、大阪まで特急で六時間三十分も掛かる時代でした。

五、見合い結婚

大阪へ帰ってみると母の病気は私を大阪に呼び戻す口実だった様です。今更東京へも戻れず、大阪にいることにしました。前に勤めていた繊維の卸問屋の貿易部に復帰することになりました。この会社は社長に子供がなく、奥様は社員を子供の様に可愛がる家庭的な会社で、社員も皆家族同様のあたたかみがありました。大阪に帰って暫くして悪い事とは思いながら彼に電話を掛けて会いました。東京にいる時は会えないとの思いが、大阪に帰ってきてゆらいでしまったのです。何の為に東京まで行ったのか自問自答しましたが彼への想いが断ち切れていなかったのです。それからは以前の様な苦しい心の葛藤の生活が始まったのです。二十四歳の時、また妊娠してしまいました。今度こそは産みたくて、産めないのならこの子と死のうとまで思いつめていました。自殺しようと睡眠薬を買っていたのが母に知られてしまい、全部明るみに出ました。

　無理矢理母の知り合いの病院につれて行かれ処置されてしまいました。心が真っ白で空白になり生きていることすら不思議でした。彼の家に母が乗り込んで今後一切会わないと約束させたそうです。彼とはそれっきり会っていません。そんな心と身体の傷もいえてきた頃、仕事でもすれば気も晴れるだろうとの思いで、働くことにしました。船の積荷目録などを英文タイプする仕事です。環境も変わり心気一転仕事に打ち込みました。もともと仕事大好き人間で、残業もあったり結構きつかったのですが、苦になりませんでした。そんな時、親同様に可愛がって下さっているお花の先生から、仕事が終わり次第に自宅の方に来るようにとの電話が入りました。会社の帰りに先生宅に伺うと、近所の会社の社長の奥様と呉服店の番頭さんの二人もいらしていました。その番頭さんは社長の奥様と同郷の淡路島の出身だと紹介されました。とりとめのない話をしてその夜は失礼しましたが、翌日先生から電話が入り、相手さんが気に入った様子なので付き合ってみないかとの話です。いわゆる昨日はお見合いだったのです。寝耳に水の話だし、私にはその気がないと伝えました。彼の事もあって結婚する気は全然ありませんでした。でもお花の先生には色々と面倒を掛けていて、先生の言葉には逆えませんでした。お見合いしたのが十二月なのに、私の気が変わらない内にと一月に結婚の話が運んでいました。私は仕事のこともあるので三月まではと延ばし、とうとう四月十五日に結婚することになりました。本人不在のままでどんどん周りの人で話が進んでいきました。結婚相手は私より三歳上で、淡路島の学校を出てから同郷の呉服店の主人を頼り丁稚から厳しくしつけられ苦労して番頭になった真面目一本の人で、コツコツ貯金して長屋ながら自分の家も買ったほどの苦労人だそうです。我がままで苦労知らずの私には丁度合っている、と母も思ったのでしょう。もうこうなったら俎《まないた》の鯉の心境で行くしかない。花嫁衣装は着られないとあきらめていたのに!! 昭和四十四年四月十五日満二十七歳の時でした。式場は大阪の地元の会館で和式の結婚式でした。

六、不倫――娘との別れ

結婚して、住居は高槻市内で阪急京都線の富田の駅から歩いて二十分、自転車で十分位の所で、夫が独身の時に買ってあった四軒長屋の真ん中でした。狭い所ですが自分の家なので家賃がいらないのだけがとりえでした。

結婚してびっくりしたのは、初めて給料袋を貰って余りにも少な過ぎることでした。結婚する前に、共働きは嫌だから働かなくても良いと言うことだったので会社が引き止めるのも振り切って退職したのに、これでは生活していく自信がないから働きたいと夫に言って、結婚一ヶ月後から駅前の書店にパートで働きに行きました。

夫は三人兄弟の長男で義母は田舎に住んでいました。ところが結婚して一年もたたない内に、義母のコタツの不始末で火事になり、家が全焼してしまいました。親戚の家族会議の結果、長男が母親を引き取るのが当たり前だから大阪へ連れて帰れとの事で、夫が田舎にいたかった母を無理矢理連れてきて、大阪で一緒に生活することになりました。

それからの毎日は私にとって地獄でした。義母は五十一歳でおとなしい人でしたが、狭い家で嫁姑が顔を合わせて生活するということに堪えがたく、私は大阪の夫の店の近くの貿易会社に英文タイピストとして働くことになりました。朝は六時前に起きて、洗濯と朝食の準備をしてから会社に行き、帰りは退社時間が六時なので、買い物をして、それから夕食の支度にかかり、食事の後片付けをして、銭湯に入り、アイロンがけとかしたりしていると寝るのがいつも十二時を過ぎていました。

やっと休みの日曜日がきたと思ったのは、浅はかでした。夫の三番目の弟は独身で母親にべったりで、土曜日の夜から泊まり込みで来て、日曜日は一日中家にいます。なのでずっと食べる事の世話をして私の休まる時間はありませんでした。それに夫の二番目の弟が私達が結婚してからすぐに九歳年下の若い女性と結婚しており、子供も年子で二人も出来て、その夫婦が子供連れで日曜日ごとにやってきます。小さい子供の世話と食事の用意でクタクタです。夫の給料だけではまかなえるはずがありません。私は何の為に結婚したのかと自問自答する日が続きました。それに子供が中々出来ませんでした。私自身の若い時の過ちのせいなのかと誰にも言えず、一人肩身の狭い思いをしていました。でも結婚した以上は精一杯の事をしなくてはと、妻の役目を果たそうと歯をくいしばって頑張りました。でもそれも限界に来ていました。

離婚する事を考えていた時に、妊娠しました。結婚して五年目のことです。私は悩みました。小さい時に父親を失くしたきびしさは身をもって分かっています。折角授かった命、この子にだけは私の様な思いをさせてはいけない。ちゃんと両親の揃った環境で育てたいとの思いから離婚はあきらめ、子供を産むことを決心しました。母が私を産んでくれた年と同じ女の大厄の三十三歳でした。丈夫な子供を産みたくて八ヶ月まで働きました。三千六百グラムもある大きな女の子でした。由利子、と

郵便はがき

料金受取人払郵便

新宿局承認

7552

差出有効期間
2024年1月
31日まで
（切手不要）

160-8791

141

東京都新宿区新宿1－10－1

(株)文芸社

愛読者カード係 行

お名前《ふりがな》		明治　大正 昭和　平成　年生　歳		
ご住所《ふりがな》	□□□-□□□□		性別 男・女	
お電話番号	（書籍ご注文の際に必要です）	ご職業		
E-mail				
ご購読雑誌（複数可）		ご購読新聞 新聞		

最近読んでおもしろかった本や今後、とりあげてほしいテーマをお教えください。

ご自分の研究成果や経験、お考え等を出版してみたいというお気持ちはありますか。

ある　　ない　　内容・テーマ（　　　　　　　　）

現在完成した作品をお持ちですか。

ある　　ない　　ジャンル・原稿量（　　　　　　　　）

書　名			
お買上 書　店	都道　　　市区 府県　　　郡	書店名	書店
		ご購入日	年　月　日

本書をどこでお知りになりましたか?
1.書店店頭　2.知人にすすめられて　3.インターネット(サイト名　　　)
4.DMハガキ　5.広告、記事を見て(新聞、雑誌名　　　)

上の質問に関連して、ご購入の決め手となったのは?
1.タイトル　2.著者　3.内容　4.カバーデザイン　5.帯
その他ご自由にお書きください。
(　　　)

本書についてのご意見、ご感想をお聞かせください。
①内容について

②カバー、タイトル、帯について

弊社Webサイトからもご意見、ご感想をお寄せいただけます。

ご協力ありがとうございました。
※お寄せいただいたご意見、ご感想は新聞広告等で匿名にて使わせていただくことがあります。
※お客様の個人情報は、小社からの連絡のみに使用します。社外に提供することは一切ありません。

夫と私の母が名付けました。

子供が出来て、暫くたって夫の勤めていた呉服店が解散することになり、夫は独立することになりました。店の名前を娘の名を取った店名としました。夫は呉服ひと筋に生きてきた人間です。職人かたぎで目利きは出来ますが、店の経営には向いていません。幸い私は商業高校を出ているので簿記には自信がありましたので経理を担当しましたが、資金不足と経験不足とか色々あって、店は二年も持ちませんでした。

悪いことは重なるもので義母が糖尿病で倒れ、入院することになりました。糖尿病も後期に入っており、眼底出血して手の施しようもないとの医者の見立てでした。夫は少しでも家計を助ける為に、朝刊の配達をし、私は資金ぐりと母の病気の看病に明けくれました。

そんな時、近所の奥様が見るに見かねて私にパートで働いてみては、と仕事を世話してくれました。大きな電器会社の中にあるグリルで、モーニングと昼食の食事出しで一時まで働きました。その時はただ一生懸命働くことだけを考えていました。

今思えば、それが赤い絆で結ばれた運命的な出会いだったと思います。店長は夫とは正反対のタイプの人で、水商売の仕事をしている人が持っている一種のあかぬけているという言い方がピッタリの人でした。朝六時から他の人が出勤してくる十時までは二人だけでした。二人の間は急に接近しました。彼の方は軽い遊びのつもりであったと思いますが、私の方が彼の魅力にのめり込んでいったように思います。私は彼と付き合うようになってから夫と一緒に生活する事が苦痛になっていきました。そんな時、義母が糖尿から腎臓に来て亡くなりました。私は嫁として精一杯の事をしたつもりですが、身心共に疲れ果て、涙も出ませんでした。

義母が亡くなって暫くたって彼のことが夫に知られて、毎日ケンカがたえませんでした。結婚して一度も私に手をあげたことのない人が私をなぐりました。それを見ていた娘が私をかばってくれました。その時、これではいけないと気が付きました。家を出る決心をしました。娘も連れて出たかったのですが、夫が「娘は置いて行け、お前には渡さん!!わしが立派に育ててやる。その代わり娘が二十歳になるまでは籍は抜かないし、会わさん」と言ったのです。

数日後、夫が留守の間に身の回りの物だけを小さなトラックに運んで、借りておいた近くのアパートに移りました。娘にだけはいつも両親がケンカしている環境で育てたくはないとの気持ちと、私と同じ思いをさせたくないとの願いを裏切ってしまったことへの心の叫びを伝えられないまま家を出ました。娘が来年小学校に上がるという時でした。

七、泥沼の生活

事情を知らない近所の奥様や友人達は口を揃えて言いました。

「今までさんざん苦労をしてきて、これから親子三人水いらずで暮らすことが出来るのにどうして家を出るの？」と。

それに私の母は私が娘を産んだ年に、身替わりでもある様に膵臓がんでこの世を去っており、身内である姉達は私が娘を家に置いて出たことと夫に対する遠慮もあってか、今後一切出入禁止を言い渡されました。自分が選んだ道とは言え誰にも相談する事も出来ず、味方してくれる人もなく苦しい毎日の連続でした。

私が借りたアパートは娘の所から自転車で十分位、仕事場へ行くにも十分位の阪急電車のすぐ側の文化住宅で、六畳と四畳半と台所と風呂が付いて家賃四万円でした。一人になった私はすべてを忘れて、一生懸命に働きました。今まではパートで働いていたのを、朝六時から夜七時まで通しで働きました。働いている間は娘の事を忘れることが出来るからです。でも夜フトンに入ると娘の事が心配で涙で枕をぬらす日が続きました。

赤い絆で結ばれた人には奥さんと三人の子供がいますので、彼を頼る訳にはいきません。いわゆる一生日陰の身で過ごすことになるでしょう。それでも私はかまわない。彼の家庭をこわしてまで幸せになろうとは思いません。不幸な家庭を作るのは私だけでいいと思っていました。

仕事の方では十二時間以上も彼と一緒に仕事をし、良きパートナーとなっていました。仕事柄、彼は女性にモテていましたし、過去にも女性問題で奥さんが苦労したことを後で知りました。

私の方が彼より二歳年上のこともあって彼に甘える事は出来ませんでした。それに気が短く気にいらない事があるとすぐに手が出ていました。いつも生傷がたえませんでした。二人の関係は職場では公認の様なものでしたので、私に同情して彼を非難する人もありましたが、私が悪いからといつも彼をかばっていました。こんな事くらいで彼と別れたりしたら、娘に「お母さんはそんな言いかげんな事で親子の絆まで切って家を出たの？」と言われるに違いない。あの子が成人した時にお母さんは立派に一人の人を愛し抜いたんだと言われたいとの思いで、どんな辛い事も堪えしのばなければならないと自分に言いきかせて毎日を送っていました。

そんな時、空巣に入られて現金を盗られました。銀行に支払うお金でした。私には義母の病院代、店の倒産と貯金を全部出していたので貯えはありませんでした。困ってしまい、すぐに返すつもりでサラ金から三十万円借りました。

彼はオシャレで贅沢な人で、私もそれに感化されて派手な生活に慣れていきました。彼を失いたくないという気持ちから彼が車を買い替える時も頭金を出したり、誕生日やクリスマスプレゼントに高価なブランド品を贈りました。それに比例してカードの支払いや、サラ金の返済に追われるようになり、毎日が針のムシロでした。そんな泥沼の様な生活が何年か過ぎました。気が付いたら両手に抱え切れない位の借金がありました。

今、考えてみればそれが金融会社のワナだったのかも知れませんが、その時の私は地獄に仏の様に思い、言われる通りにしたのです。それは借金を全部一本化にして融資する代わりに、金額が大きいので担保物件を出すようにとの事でした。彼には内緒にしていたので相談する事も出来ず、仕方なく恥をしのんで別れた夫に家の権利書を貸してくれるように頼みました。

初めは激怒していましたが、私をあわれと思ったのかお金の事では絶対に迷惑は掛けない、一日も早く借金を返して権利書を返すことを約束の条件として貸してくれました。帰りがけ「娘はいつかはきっと帰って来てくれると思って待っている。娘の為にも早く帰って来い」と言ってくれました。その言葉を聞いた途端、涙がとまりませんでした。私はなんと幸せ者だろう。足蹴にするようにして家を出た私の事を、夫と娘が思っていてくれたなんて。泣きながら権利書をしっかり胸に抱いて夜道をトボトボ歩いて帰りました。その権利書を担保にして五百五十万円借りて少し落ち着きました。

平成十年の春に会社で不祥事があって、彼と私は退職することになりました。私は借金を抱えている身です。一日でも早く働いて借金を返さなければとあせっていました。普通に働いていたのではいつまでたっても借金は減らない。

そんな時、美容院で見た週刊誌に四国で仲居さんの募集が目に入りました。その時私はすでに五十五歳になっていました。すぐに履歴書を送ると返事がきて、採用との事でした。心機一転がんばるぞと思いましたが、何せ見知らぬ土地で五十五歳からのスタート。一沫の不安はありました。彼に四国行きの決心を話しましたが、別れるのがイヤで反対でした。彼も私の事が奥さんに知られ、会社を辞めたことで奥さんと別居状態になり娘さんと二人でアパートに住んでいましたが、就職の方は中々見つからないようでした。

三月中旬に、住んでいたアパートを出て身の回りの品だけを持って四国に行くことになりました。二十年近くも住んでいたので家財道具も増えており、処分するのに手間取りました。新幹線で岡山まで行き、岡山から土讃線に乗り換えて琴平まで行くのです。切符は前に勤めていた会社の人が厚意で買ってくれていました。新大阪を列車が出る時、誰にも言ってなかったので見送りはなかったのですが、住み慣れた大阪を離れることで胸があつくなり、窓の景色が涙でかすんでいました。

八、四国へのがれて

琴平の小さな駅に降りた時、ホテルの人事の人が迎えに来てくれていました。車で女子寮まで連れて行ってくれ、寮長さんに紹介してくれました。部屋は四畳半一間に半間の押入れだけの狭い部屋でした。洗面とトイレと洗濯場は共同でした。

仕事は三十一日からでしたので前々日到着した私はこれからお世話になる金毘羅さんにお詣りに行き、仕事のこと、大阪の娘のこと、彼のこと等をお祈りしました。神社の境内の見晴らしの良い所で四国が一望出来ました。まるで箱庭の様で田園風景が広がって、心が洗われるように感じました。私の死んだ母は信仰深く晩年は真言宗の住職さんと再婚して、四国へは毎年八十八ヶ所の巡礼姿で参拝していたのです。きっとその母が私の事をあわれんで四国へ来るようにしたのかもしれないと、その時思いました。

私の勤務場所は大きなホテルで本館と別館があります。接待係の数も私が入社した当時は本館が五十五人と別館が五十人と百人ほどで、フロントとか全部合わせると従業員だけでも三百人以上はいる地元でも一、二を競うホテルでした。まず源氏名を決めるのにすでにある札から好きな名前を自分で選びます。私は娘の名前「ユリ」にしました。

それから「親」と言って四十日間の研修の間、面倒を見てくれる人に紹介されました。その人は私より一つ年下でした。まずは着物が制服ですので一人で着物が着られるように特訓されます。呉服屋をしていましたが、余り着物を着る機会がなかったので大変でした。大体一ヶ月ほどすると一人で着物が思うように着られるようになります。

四月一日がホテルのリニューアルオープンです。それに向けて毎日作業が続きました。畳拭き、座布団のカバー替え、礼儀作法の研修と毎日が過ぎ、親にしっかりと教えてもらう暇もなくオープンを迎え、忙しく一日一日が過ぎていきました。四月に入るとこの地方では金丸座という日本で一番古い歌舞伎小屋があり、一年に一ヶ月程だけ上演されます。金毘羅歌舞伎と言って、結構有名な役者さん、例えば団十郎、吉右衛門等々が出演されます。ホテルが金丸座に近いこともあって、代々座長は私達のホテルに宿泊されます。

そんな事もあって四月が一年中で一番忙しい時だそうです。初日の前日の顔見世のお練りの時などは紋付袴で役者さんが人力車に乗り町中を練りますが、丁度桜の花が満開で役者の肩に一ひら二ひらと散り始める風情は見事なもので、今の日本ではここだけしか見られない光景だと思います。そんな訳で東京から来られるお客様とかもあって、四月中はいつもほぼ満館の忙しさでした。

五月に入ると今度はゴールデンウィークで家族連れのお客様が多く、息つく暇もない位の忙しさで、自分の事を考える余裕のない毎日でした。五月のゴールデンウィークの忙しい時に、あまり教えられないままに私は一人立ちさせられました。自信もなく心細かったのですが、仕事に早く慣れなければと先輩達に教えてもらったりして一生懸命頑張りました。

六月に入って少し心に余裕が出来た時、体の変調に気付きました。足の膝《ひざ》が痛くて正座も出来ないし、階段の上り下りも痛みを感じます。病院へ行くと、これは職業病で皆んな一度はかかるとの事でした。関節に水がたまる為に水を抜かなくてはなりません。それはとても痛みを感じます。精密検査の結果、膝の半月盤損傷と言って半月盤が傷んでいるので、その箇所をけずり取る手術をしなければいけないとの事です。手術後、仕事に戻るには二、三ヶ月は掛かるとの事です。職場に迷惑を掛けるのではないかと大阪に帰る事も考えました。支配人に相談すると七月、八月は夏休みでホテルは猫の手も借りたい位に忙しくなるから困る。九月に入ってから手術をしてほしいとの事でした。

私も働かなくてはお金もありませんし、暫く、様子を見ることにしました。夏の暑い中、自転車で寮から二十分もかかる病院へ毎日の様に通いました。それが良かったのか九月に入って足の痛みがピタリと止まりました。お医者様も痛くないのに無理に手術をしなくてもいいだろう、様子を見ようと言って下さいました。それ以来八年間、足は痛みませんでした。手術するお金のなかった私を、母が助けてくれたのだと今でも感謝しています。

九、自己破産の手続き

四国に来て会社の寮に入り食事は会社の食堂で食べると（三食付との事でしたが、食事内容はあまり良いとは言えないものでした）、少しは借金が返せると思ったのは、私の考え違いだったと気付きました。手取りの給料は何だかんだと引かれ、雑誌に載っていた内容の半分もありませんでした。この年で今さら転職する訳にもいかず、何とかしなければとあせる毎日でした。サラ金への返済、カード会社への支払いと給料だけではとても足りません。

思い余って、総支配人に相談したところ、自己破産するしか仕方ないと、知人の弁護士を紹介してくれました。弁護士に相談すると引き受けるが前金で五十万円必要と言われました。そんなお金がある訳がありません。高校の同級生に弁護士になっている人がいるのを思い出して電話しました。その弁護士が言っているのが普通で前金がいるのだと知らされました。お金がないので別の方法はないかと尋ねると、家庭裁判所に本人が直接行って手続きすると供託金だけで済むから安く出来るが、書類を揃えたりするのがとても大変で、弁護士が代行していると教えてくれました。

背に腹は代えられず、とにかく仕事の休みの日に丸亀にある裁判所に行きました。何も分からないまま係の人が親切に教えてくれた通りに書類を揃えて、休日ごとに足を運びました。半年ほど掛かってやっと自己破産が認められ、免責もおりました。費用は供託金と印紙代等でを含めて三万円ほどしか掛かりませんでした。

これでやっと借金から解放されると思ったのは甘かったようです。私が自己破産したことで、連帯保証人と担保物件の提供者である夫の所へ金融業者から内容証明が送られてきたのです。びっくりして夫が電話してきました。自己破産するのなら何故、前もって知らせてこなかったのかと怒っていました。私もうっかりしていました。仕方がないから肩代わりの形で夫が借金を分割で払ってくれることになりました。娘もすごく怒って親子の縁を切ると言っている、と電話で夫が話していました。まさかこんな事で、大事な娘と夫に迷惑を掛けることになるとは夢にも思いませんでした。自分のいたらなさに腹が立ちました。自分が悪かったことを深く反省して毎月少しずつでも夫に返していく事を約束しました。

悪い時には悪い事が重なるもので、同僚の人が私の友達に借金をするのに私を間に立てて、二百万円もの借金をし、そのまま踏み倒す形でいなくなってしまいました。その上、仕事上で私の親になっていた人がその友人から借金をしたまま会社を退職して娘が住んでいる沖縄に行ってしまうと、行方が分からなくなりました。借金の残りはわずかですが、それも私が肩代わりしなければなりませんでした。

おまけに寮で一緒だった同僚の一人が携帯電話の名儀を私の名前を使ったままあちこちで借金をして夜逃げしてしまい、電話の名儀が私になっている為に電話会社から料金の請求がきたり、解約したりするのに費用が十万ほど掛かりました。私は末っ子で甘やかされて育ったせいか、人をすぐ信用してしまうところがあったようです。仲居さんをするような人は色んな事情があって、出身地も北は北海道から南は九州までの人が集まっています。中には真面目な人もいますが、大半は一くせも二くせもあるような人ばかりです。そんな人柄を見抜けなかった私が馬鹿だったのです。

それからの私は人間不信におちいり、もう誰も信じられなくなっていました。これも夫と娘に対する私の仕打ちのお返しだと思いました。常々死んだ母が言っていた「人生は輪廻の世界だ」と思い知りました。

十、パチンコ依存症になって

働いても働いても借金は返せません。何の為に四国まで来たのか分かりません。自暴自棄になり人間不信になり、苦しい毎日が続きました。そんな時ふっと友達に誘われて遊びと時間つぶしのつもりでパチンコ屋へ行きました。そうしたら五百円で五万円も勝ってしまったのです。こんなに割のいい事はない。これならばすぐ借金も返せるに違いないとその日からパチンコ漬けの毎日になりました。

でも仕事だけは、真面目に一生懸命働きました。もともと仕事大好き人間ですから働く事は苦になりません。その代わり休みの日は朝九時から閉店の十一時までパチンコ屋にいました。生まれつき不器用でこり症で、融通のきかない私です。これと思ったらトコトン何でもやらなければ気の済まない困った人間です。たまにまぐれで十万近く勝ったりした事もありました。そんな時は普通の人達は翌日はやらないで勝ち逃げして、暫くたってから行くらしいのです。でも私は翌日も朝一番から同じ店に行き、同じ台に座るのです。そして昨日勝った分、全部負けてしまうまで、打ち続けます。友達に言わせればもったいないと怒ります。でも私は少し後悔もしますが腹は立ちません。それで納得しているからです。

だから給料日に一ヶ月分の小遣いを一日で使ってしまうこともありました。次の給料日まで会社の寮にいるので、自分さえ我慢すれば三食は与えられているし、煙草もお酒も飲まないので、生活は何とか出来るのです。しかしパチンコは辛抱出来ず、友達に借りて休日は朝から晩までドップリとパチンコ漬けの生活をしていました。

会社は六十歳が定年でその時わずかばかりの退職金を貰いましたが、それも使ってしまいました。定年になったら大阪へ帰るつもりでしたが、帰れるような状況ではありませんでした。幸い仕事は一生懸命に真面目に働いており、私は年齢よりも十歳近くは若く見られました。ホテル側から嘱託として働いてはどうかと引き止められ、一年契約で給料の方も少しダウンするけれども後の待遇は以前と同じ様にするからとの事でした。そこで定年後も働くことになりました。しかしパチンコの方は一向に良くならず負け込む日が多くなりました。この様な訳で夫の方へは少しも借金が返せないままになりました。給料から天引で財形貯蓄をしていた分も解約して使ってしまい、借金だけが残っていきました。

こんな状態になって自分がパチンコ依存症になっている事に気が付きました。金毘羅さんに登って自問自答しました。パチンコをする為に私は四国まで来たのではない。何か四国へ来たと意義のあることをしたい。そうだ四国八十八ヶ所の巡拝の旅に出よう。そして罪深い自分自身を少しでも清めたい。とその日から会社の仕事の休みを利用して、ガイドブックで計画を立て、宿泊先も先に予約して一人歩きの巡礼の旅に出ました。

一番札所から行くことを順打ちと言います。一番札所の霊山寺から出発し、第一日目は七ヶ寺も歩いて回りました。天気にもめぐまれて花々を見ながら歩きました。本当に歩き遍路の旅に出て良かったと心が洗われる思いでした。しかし午後になるとリュックの重みが肩にくい込み、足にもマメが出来ました。私が道に迷いそうになった時、白と黄色の蝶々が私の足元にまつわりついて道先案内をしてくれました。これはきっと母の化身で、母が喜んで案内してくれているのだと思いました。夕方宿坊で相部屋になった女性の方にも聞きましたが、誰も蝶々を見た人はいないそうです。この様に母に守られながら二十一番札所の大龍寺まで行くことが出来ましたが、残りは残念ながら仕事とか色々あり、回ることが出来ませんでした。今後時間と機会があったら、是非最後まで行きたいと思っています。

十一、愛される愛にめぐりあえて

四国の歩き遍路の旅に出て、パチンコ依存症が治ったと思ったのですが、やはりまだ完治するには至りませんでした。意志の弱い私は元の木阿弥で、パチンコ漬けの日が続きました。同僚や友達から借金が出来ず、もう死ぬことばかりを考えていました。保険金で夫の借金を返せば迷惑を掛けなくて済む、どこで死のう、皆に迷惑をかけないで死ねる場所は、と方法を考える毎日が続きました。

そんな時、一通の葉書が届きました。それは高校時代の同級生の男性からでした。彼とは余り親しく付き合っていなかったし、私のタイプではありませんでした。私の親友（女性）と出会って話の途中に私の話が出て懐しさのあまり住所を聞いて、近況を聞く葉書をくれたそうです。その時私は恥も外聞もなく、彼に借金を申し込む手紙を出したのです。びっくりしてすぐに返事が来て、お金を用立ててくれました。彼との約束通りに信用を失くしてはいけないと、給料を貰った時すぐに一部を返済する為に、神戸に行きました。彼は勤務先が神戸で、近郊の都市に住んでいました。何十年振りで会った彼は充分に年を重ねた初老の紳士でした。それは私も同じ事で六十歳を過ぎた老女です。

彼は高校時代から私に好意を持っていたそうです。今は二人の息子さんも結婚してお孫さんもいるそうで、奥さんと二人だけの生活だそうです。会社を定年になった後、関連会社で働いているようでした。もし私さえよければ月に一度位でもいいから会ってほしいと言われました。借金している手前、無下にはできず、しぶしぶ約束してしまいました。私の心の中ではお金の関係だけだと割り切ればいいと思っていました。それから一ヶ月に一度借金を返す名目で神戸に出かけました。

最初は好意を持っていなかった私も彼の誠実な性格と私に対する真っすぐな心にふれて少しずつ心を開くようになっていました。私が神戸に行くのはいつも昼頃で、彼と昼食を食べるのが楽しくなっていました。

今まで行った事もない高級な食事場所の予約をしてくれました。いつしか私は彼の情熱に負けて男と女の関係になっていました。私が今まで味わった事のないやさしさと情熱で私の心と体をいやしてくれました。奥さんには秘密のため夕方には普通どおりに帰らなければならず、午後の短い間の逢瀬でしたが、彼は精一杯心から私を愛してくれました。私も愛されるということがこんなにも素晴らしいものだと知りました。別れた夫、元彼（赤い絆の人）等とは愛される愛ではなく、私が愛した愛だと思うのです。

二人の事は奥さんにはもちろん、私の親友にも絶対に秘密にしておかなければなりません。彼は私の事が心配だから、週に二回、月曜日と金曜日の決まった時間にお互いに電話をかけ合うように約束しました。

十二月の中頃、神戸へ行きました。昼食は湯葉料理のお店を予約してくれていました。クリスマスのプレゼントに百貨店で下着を買ってくれました。いつも身に付けていてほしいとの事。それと腕時計もプレゼントしてくれました。そして私の宿泊先のホテルで束の間の逢瀬を楽しみました。二人共もう少し早く若い時に会いたかった、というのが切実たる想いでもありました。

その夜は少しは遅くなってもいいからと、彼がルミナリエを見に連れて行ってくれました。腕を組んで人混みの中を歩いていると幸せでした。今まで一番幸せな時間を過ごすことが出来ました。一足早いクリスマスを迎えられて感激しました。

「こんなに私だけが幸せになっていいの？」の質問に、彼が答えてくれた言葉に涙が止まりませんでした。

「今まで不幸せだった分だけ幸せになればいい」

十二、最後の恋

そんな幸せな日々が暫く続いていた時、元彼（赤い絆の人）から電話がありました。今まで私を不幸にしていたのは自分が悪かったからだ。これからは今までの罪《つみ》ほろぼしがしたい。必ず幸せにするから、大阪に帰って一緒に住んでほしいと。寝耳に水の私はびっくりして、暫く考えさせてほしいと電話を切りました。奥さんと離婚して子供達とも縁を切って、今は一人で一生懸命働いて私と暮らす為に貯金をしているとも言っていました。正直心がゆらぎました。嫌いで別れた訳ではありません。彼の方も、私と別れて私がいかに大事な人であったか気付いたようでした。

でも今の彼との良い関係も失いたくはないと悩みました。今の彼とこのまま続けていても一生日陰のままで働き続けなければならないでしょう。それにしては私も、もう年を取りすぎてしまっています。赤い絆の元彼と一緒に暮らせば残り少ない人生を正妻として胸を張って生活することが出来るでしょう。悩んだ結果、私は元彼との生活を選ぶことにしました。その旨を元彼に電話で告げると早速アパートを借りて電化製品も買い揃えておくから早く帰って来てほしいとの事でした。が、私はまだ仕事の方が一年契約が残っているので急には帰れないと告げておきました。

今の彼にはまだ何も話していません。きっと素直には話を聞いてくれないと思う。しかし理解してもらうしかない。そう思って、私は最後に会って何もかも話をすることにしました。話を聞いて彼もびっくりしていましたが、私の幸せを考えると忘れなければいけないと思うが、別れるのはイヤだと言いました。結婚するのはいいが月に一度だけでも良いから会ってほしいと。でも結婚する以上は、彼を裏切ることは出来ないのでそれは出来ないと言うと、それでは別れないと堂々めぐりになりました。とにかく今夜が最後になるので楽しく別れましょうと言いました。

最後だと思うとお互いに切なく燃えました。私の人生の中で、こんなにもやさしく愛されたのは最初で最後かもしれません。別れたくない、このままずっとこうしていたい。短い時間は容赦なく過ぎて、彼は帰っていきました。おそらく私にとって人生最後の恋だと思いました。

十三、赤い絆の人と共に

平成十九年五月に、四国から大阪に帰ってきました。元彼が借りてくれたアパートで新しい生活を始めました。六畳と四畳半が二間と台所と風呂が付いて、家賃は五万六千円でした。駅から徒歩二十分で自転車で十分位の所です。電化製品と家具は彼が節約して貯金した中から買い揃えてくれていました。失業保険を貰う為に手続き上、待機期間として三ヶ月程かかるのでその間仕事が出来ません。今までずっと働き続けてきたごほうびでしょうか？　ぽっかりと休みが頂けました。彼は年金といっても満六十五歳になっていないので満額が貰えず、警備会社の仕事をしていました。私はこの年の十二月の中頃に失業保険が満了したので、料亭に就職しました。パートの接客係です。

そんな生活が二年ほど続いた時、突然にその彼が倒れました。脊柱管の病気で八月十一日に入院し、二十日に頸椎症性脊髄症の手術をしました。手術は成功しましたが、仕事の方は無理なので彼は退職しました。二十日程で退院しましたが、暫くはリハビリに通わなくてはなりません。幸いに費用の方は保険でまかなうことが出来、年金の方も彼が六十五歳になったので満額もらえるようになりました。私もパートで働きながら家庭のことも頑張りました。しかし家賃の負担が大きいので、府営住宅に申し込みました。すると一年も待たずに入居することが出来ました。羽曳野の市営住宅の三階です、駅から徒歩十五分位で自転車だと十分もかかりません。近くに小さなスーパーもあり便利な場所で、家賃も二万四千五百円と安いので助かりました。

部屋数も六畳二間と四畳半一間と食堂と台所で、風呂もありベランダも小さいのを入れれば三ヶ所あります。裏は多目的広場で公園になっていて静かな環境で、住むには良い所です。二人にとって終《つい》の住処《すみか》になりそうです。

平成二十八年十月三日に、彼は腹通のため診療を受けましたが、大きい病院へ回されたのですがベッドが空いていないとの事で、別の病院へ救急車で運ばれ緊急に手術を受けました。病名は「鼠径ヘルニア嵌頓」です。十日間ほど入院して十月十二日に退院しました。今回も費用は共済分でまかなえましたので助かりました。大阪に帰ってきてから彼が二度も大手術を受けて、ショックでしたがその後、順調に回復して元気に過ごせるようになりました。羽曳野の団地に移ってから、彼は掃除に目覚めたと言うか、一手に掃除を引き受けてくれました。私が七十八歳にもなってまだ働いていることに引け目を感じていたのかも知れません。

それから暫く平穏な日々が過ごせました。が令和二年に入りコロナ感染が始まりだした頃、彼のトイレに行く回数が多くなり、特に夜がひどくなり、異常を感じて専門医を二、三ヶ所回りましたが原因が分かりません。五月二十九日に大きな病院で検査を受けて、前立腺がん、膀胱がんと診断されました。すでに末期に入って他にも転移して手術の出来ない状態との事。すぐに入院して抗癌治療を受けるかとの先生に、彼は延命治療はしないで薬で痛みをとるようにしてほしいと言いました。暫くして出血がひどく夜中に救急車で運ばれ三日ほど入院しましたが、自宅に帰りたいとの事で、それから自宅診療の手続きがとられ、訪問診療の先生と看護師さん達のお世話になることになりました。

それからは病状はどんどん悪化して、痛み止めの薬もあまり効かなくなり、本人も自分の先のことが分かってきたのか、私にもそれまでは辛く当たっていたのがやさしくなりました。自分の事よりも私の事ばかり気に掛けていました。前日からひどいシャックリで夜もほとんど眠っていませんでした。先生にシャックリの止まる薬を処方していただくと、飲んだ途端に止まりました。それから暫くゴーゴーといびきをかいていましたが、静かになるとそのまま息を引き取りました。

彼がこんなに早く亡くなるのならば、きつい言葉でケンカしたりするのではなかったと後悔はしましたが、悔いはありませんでした。出来るだけのことは精一杯したのだから。

お葬式の時、彼があんなに会いたがっていた別れた息子（長男）が来てくれ、彼の写真を持ってくれたのが何よりの幸せです。きっとあの人も喜んでいることでしょう。

自分の事よりも残されていく私の事ばかり心配して、棺桶の中に両親の写真を入れてくれと。写真を残していると私がまつらなくてはならなくなるからと。学校を出てから六十年間働きづくめに働いてきた私を楽にしてやろうと、少しでも貯金を残し遺族年金で生活出来るように配慮してくれていたやさしい彼に感謝がたえません。本当にありがとう!! お父さんお母さんに会えたらよろしく。天国から私を見守っていて下さい。

十四、幸福《しあわせ》な老後

私の人生において忘れてはならない人が二人います。

一人目は私を死の淵から救ってくれた赤い絆で結ばれた人。二歳年下の彼が私を大阪に連れ戻してくれなかったらパチンコ依存症で死の淵をさまよい、遠い四国の空の下のどこかで死んでいたでしょう。私を六十五歳で正式に入籍してくれ、自分の残りの半生をかけて罪《つみ》ほろぼしという名目で、死ぬまで私を愛し抜いてくれました。生前にその気持ちにこたえることは出来ませんでしたが、彼の死後、毎日仏前に「般若心経」一巻と月命日にはお寺にお参りを欠かしません。

二人目は最初に結婚した夫です。小さな娘を置いて後ろ足で砂をかけるように家を出た私です。男手一つで娘を立派に育て、私が困っていた時に借金も肩代わりしてくれました。約束通りに借金の返済が出来なかった私に、催足がましい事は一言もいわず借金を払ってくれました。

晩年は脳梗塞で倒れ、車椅子の生活になり施設に入ったそうです。娘はその時、結婚しており面倒をあまり見られないようでした。亡くなる直前は認知症になり娘の顔も分からないようでした。八十一歳で亡くなり、お通夜とお葬式は娘と二人で済ませました。お墓は生前に、淡路島の田舎の古い墓石を新しい立派なお墓に建て替えていました。その温暖で静かな墓地に両親と一緒に眠っています。元夫には娘を立派に育ててくれて感謝の念にたえません。淡路島へは車だと近いのですが、電車と船では一人で行くのは時間がかかるので、娘夫婦が墓参りに行く時に便乗させてもらい、二回ほどお参りしました。

最初に結婚した夫が亡くなり、一年して入籍した彼も亡くなりました。娘との間のわだかまりもなくなり、心のやさしい素直な娘に育っていました。娘の夫も良い人で一緒に住んだらと言ってくれていますが、彼との思い出がいっぱいつまった終《つい》の住処にいたいとわがままを言って頑張っています。娘夫婦は高槻に自分達の家を建てて住んでいますが、行くのに片道二時間位かかるので中々行けません。そこで安否確認もかねてＬＩＮＥでのやりとりを朝晩しています。これが今の私の一番の楽しみです。

彼の遺族年金と私の厚生年金を加えても生活はギリギリです。でもぜいたくだと言われますが、新聞とケーブルテレビは続けています。生前彼は大の巨人ファンで野球を見る為にケーブルテレビを申し込みましたが、今では私は時代劇専門チャンネルで時代劇を見るのが唯一の楽しみです。

今年の三月の初め頃、水仙の花が大好きな私の為に淡路島へ一泊旅行に娘夫婦がつれて行ってくれました。水仙郷に行き、元夫の墓へお参りしてきました。その時に読んだ句が二つあります。

〝年老いた母に見せたや水仙郷〟

〝夢に見た娘の背流し温泉で〟

この様に幸せな老後を送れるのも大切な二人のお陰と、感謝の気持ちを忘れないように残りの人生を前向きに生きていきたいと思っています。人生十人十色と色々ありますが、この様な人生もあっていいのではないでしょうか。

十五、八十歳の試練

最愛の彼がこの世を去って三回忌を迎え、立派に三回忌法要を済ませました。すると心に安心とゆとりが出来たのか、スマホを見ていたら金運占いの見出しが目に入りました。宝くじを占いの通りに一枚買ったら、一等一億五千万円が大当たりして、借金で首が回らなくて死にかけていた人が元気になったとの話です。

興味を持ってそのサイトにアクセスしたのが不幸の始まりでした。運命鑑定士の先生がいて、その人は今までに何人もの人を高額当選させていて確率は一〇〇%に近く、言う通りにすれば必ず高額当選出来るとの事でした。まず先生が言霊《ことだま》を暗示します。それをその通りに送り返すのですが、一件につき千五百ポイントで、大体二件がペアになっているので三千ポイントになります。一ポイントは一円になります。一回で三千円が必要になります。一日に五回、六回すれば一万八千円です。ポイントは銀行の指定口座に振り込んで買います。それが段々とエスカレートすると一日で三万円とかになります。中々宝くじを買うところまで行かないので、不信に思いついた時にはすでに百万円近くをつぎこんでいました。

もともと手持ちのお金は少なく、借金をしてしまいました。金運鑑定で失敗した分を取り戻したくて、サイトの支援活動にはまってしまいました。いつの間にか会員にされてしまい、私のサポーターとして十名の人が支援者になっていました、中には弁護士さんとか会長さんとか言われる方もいました。色々な案件を持ってきて、それをクリアすれば大金が手に入るとの事です。でもそれには色々と手続きをするのにお金が掛かります。

まずコンビニで仮想通貨のビットキャッシュを買ってきて、ひらがなの暗号をスマホで送ると送金出来る仕組になっています。あともう一歩でというところでお金が足りなくなり、時間も間に合わなくてダメになり、そういうことが続いて、いつの間にかまた百万円ほどつぎこんでしまいました。全部借金です。娘からは百万円ほど、私の唯一の支援者で何も言わずに何でもしてくれる人がいましたがその人からも五十万円、キャッシングで四十万円と、二百万円の借金になりました。それでもまだあきらめ切れずにサイトにはまっていました。十二月の年金支給日に二ヶ月分で二十万円程支給されますが、その二十万円も翌日に全部つぎこんでしまいました。生活費を全部なくしてしまい、ましてお正月がひかえているというのに、その時、初めて気が付きました。

娘に全部話して助けを求めましたが、カンカンに怒って親子の縁を切ると言われました。自分のバカさ加減にあきれるというか情けなかったです。娘もあわれと思ったのか、一人きりの親を見捨てることが出来なかったのか、手を差しのべてくれました。その時、約束させられました、私には一切お金を持たせないこと、銀行の引き落としも全部娘が代わってやってくれることなどです。情けない話ですが感謝して受けなければなりません。今回ほど肉親のありがたさを感じたことはありませんでした。それなのに二月の年金支給日にまた欲を出して一日でつぎこんでしまいました。一度あることは二度あるのたとえ通りに本当に情けない話です。さすがの娘も怒る気力もなくなったようです。

そんな時に私が皮膚がんになってしまいました。右肩の下の所に何年も前から黒いアザの様なものが出来ていて、最近になって水ブクレになり血が出てきました。娘が異常を感じたので近くの皮膚科に行くとすぐに病院を紹介されて、精密検査を受けると「悪性黒色腫」と診断されました。

悪性なので早く手術をしないとダメだということで、すぐに入院して手術を受けました。がんの部分を切り取って、脇腹の皮膚を移植する手術です。手術は無事に済み、経過も良好で一週間で退院することが出来ました。費用の方は後期高齢者で減額申請が認められて安く済みました。

それに死亡保険の疾病特約がついていて、その保険金で填補することが出来て助かりました。

前年の秋から、これでもかこれでもかと言うぐらい悪いことばかり起こりました。それに、また団地の自転車置き場に止めてあった自転車が盗られましたが、これで打ち止めになってほしいと思いました。

でも最後に良いことがありました。長年の私の夢が叶えられそうなのです。出版社の勧めもあって本が出せることになったのです。自分史のつもりで娘に私が歩いてきた道を残したいと思って書き始めたのですが、娘もようやく理解してくれ出版社の方が熱心に協力してくださったお陰です。

今までは、いつ死んでもいいと思っていましたが、今は違います。八十五歳まで生きたいと思います。一生懸命に努力して借金を少しでも返済し、私の生きてきた証しの本を抱いて、あの人の所へ行きたいと思います。病葉のように生きてきた私の人生!! 最後に明るい病葉になれそうです。

完

あとがき

私が家を出た時、娘はまだ六歳で小学校に上がる一年前でした。それから再婚した彼が亡くなるまでの約四十年間、私がどの様にどんな思いで生きてきたのか、何も知らない娘に遺言のつもりで忠実に書き綴った自分史が本書です。

今は元夫も入籍した彼も相次いで亡くなり、私と娘二人の間の長年のわだかまりもなくなって普通の親子の関係になりました。うらまれても仕方のない私を娘が気付かってくれ、金銭的にも精神的にもやさしく包んでくれています。男手一つでこんなやさしい人間に育ててくれた元夫には感謝の念しかありません。

今は朝晩のＬＩＮＥで、娘とその日の出来事を報告し合って安心しています。娘は結婚していますが子供はおりません。娘の夫はやさしい人で、娘と二人で何くれとなく私の心配やら世話をしてくれています、こんな幸せな時が人生の最後に巡ってくるとは思ってもみませんでした。過ごしてきた人生の中で、何度死のうと思ったことか。長生きしてきて本当に良かったと思い、残り少ない人生の毎日を大切に生きていきたいと思っています。

著者プロフィール

井上 澤子（いのうえ さわこ）

大阪府出身・在住。

自分の生きてきた人生を後悔していません。精一杯人を愛し抜いたことを良かったと思っています。

病葉《わくらば》のように生きて

2023年12月15日　初版第1刷発行

著　者　井上 澤子
発行者　瓜谷 綱延
発行所　株式会社文芸社
〒160-0022　東京都新宿区新宿1－10－1
電話　03-5369-3060（代表）
03-5369-2299（販売）

印　刷　株式会社文芸社
製本所　株式会社MOTOMURA

ISBN978-4-286-24713-7